田恩铭作品系列

夜歌

田恩铭 著

坐在夜的深处，我把言说的愿望
一种入心灵的沃土，慢慢生长
沿着小径歌唱的人啊
唤醒记忆，把歌声装进一个小口袋
装进信封，寄向远方

黑龙江美术出版社

图书在版编目（CIP）数据

夜歌 / 田恩铭著． -- 哈尔滨 ： 黑龙江美术出版社，2024.3

ISBN 978-7-5755-0105-7

Ⅰ．①夜… Ⅱ．①田… Ⅲ．①散文诗－诗集－中国－当代 Ⅳ．① I227.6

中国国家版本馆 CIP 数据核字（2024）第 023406 号

夜歌
YEGE

著	田恩铭
出 品 人	于 丹
责 任 编 辑	聂元元
责 任 校 对	徐 研
出 版 发 行	黑龙江美术出版社
地 址	哈尔滨市道里区安定街 225 号
邮 政 编 码	150016
经 销	全国新华书店
印 刷	廊坊市海涛印刷有限公司
开 本	880mm×1230mm 1/32
印 张	6.5
字 数	80 千字
版 次	2024 年 3 月第 1 版
印 次	2024 年 3 月第 1 次印刷
书 号	ISBN 978-7-5755-0105-7
定 价	55.00 元

目录

案边散墨，人生别传（序）

关注古典文学研究专家田恩铭教授的诗人身份、诗人表现，有好多年了。

我一直固执地认为好的人生样式就是"有用＋有趣"的这道加法算题。"有用"，是本分；"有趣"，是境界。有趣的灵魂带领我们一路前行，多么朴素的生命都会变得异常华美。

　　《夜歌》大概是恩铭出版的第7本诗集。在大学里，老师们的诗集在通行的学术评价体系里，是不能拿工分的，是不能得奖金的，有时还会招来不解甚至不屑的眼光。恩铭对这些并不在意，从情绪到情感，从情感到情结，从情结到情怀不断蜕变，他对诗歌创作的苦心追随由远到近，由弱到强，由小到大，最终让自己成为完备、纯粹和全面意义上的诗人。

　　作为霍松林先生的亲传弟子，恩铭夙兴夜寐，始终对专业殚精竭虑、孜孜以求，这使他成为国内唐代文学研究领域的优秀学者。一向强调"知能并重"的霍先生认为，研究者不搞创作，研究人家的作品未免隔靴搔痒；有了个人的亲身体验，才能真切体味创作的甘苦和奥妙。须知，霍先生是中国古典文学研究大家、文艺理论名家，还是一位很了不起的诗人。人们之所以诟病一部分"学院派"

文学研究，主要是因为一些研究背对着生活，背对着文学，背对着创作。对生活、文学和创作本身都不理不睬的研究，还能剩下几分可信呢？

只有等到夜深人静，终日忙碌的恩铭才可能真正有属于自己的诗人时间。《夜歌》有着明显的"知性"，作者或云写作主体，是一位对人生世界怀有深情挚爱的师者、书生和雅士。"案边散墨"的去向最能看出一个人的性情和原色，恩铭坚定地选择把一切都托付给诗歌，这实在令人敬重。"案边散墨"的"案"，对于恩铭而言，是书案，也是教案。他曾坦陈"这本诗集是教学相长的产物，许多创意就来自课堂"，恩铭用全部的情义和作品证明——课堂是诗歌极其宝贵的出发之地，也是诗歌上下求索的重要归宿。

不难发现，《夜歌》中的"四辑"分别牵系着一条精神线索。"旧事新声"主要是向传统经典致敬，具体说是以诗歌为桥梁，奋力实现与先贤跨越时空的文学对话；"梦与现实"来自生活现场的点滴触发，恩铭不是开七窍而是开了七十窍，随便的一缕世俗幽微启示，都可能引发他做一番日常生活审美化、诗意化的努力，努力的果实自是色香味俱全的诗歌；在"日常故事"中，他把视线投向故园，一部分直接写到了亲情乡愁，一部分借长旅漫游站到远处回望、观照童年的山山水水，他乡总是故乡，故乡是物质的也是精神的，可以由乡音讲述也可以由共同语表达；"思想空间"是以现实为圆心，以文化为半径绘就的思想图画，想象力张开翅膀，感受力标新立异，思考力深扎肌理，这一辑让人领略的是感性与理性充分融合、释放的艺术气质。《夜歌》中"四辑"内容的纵横交错，编织、搭建的正是诗人个性化世界的立体样貌。

《自画像》是一首长长的诗作，是一篇短短的自传。它像其他作品一样，借助摇曳透明的诗风与情思，古道热肠的敏感与关切，洗练深邃的意象与主题，觅得良机，对诗人的各个从前时段进行一一回放与审视，最终达成了一次快意恩仇的诗性回应与总结。"世事洞明皆学问，人情练达即文章"，不少人囿于对这句话习惯性"俗解"，进而南辕北辙走到反向。而恩铭则以最大的诚意与执着偎向"洞明"与"练达"。让诗歌时刻相伴，让诗歌无处不在，恩铭心甘情愿让自己的万事万物一生一世接受诗歌的覆盖和照耀。

　　我看《夜歌》标注的是"散文诗集"，其实直接认定"诗集"亦无不可。当下的诗歌，音乐性、意象性和抒情性都未必是它的显性特质，恐怕还是"分行"守着诗歌最后的底线。我喜欢《夜歌》随性自由、信手拈来、不计东西的写法。恩铭干脆把自己经验的自然、人生、世界改写为分行的诗意格式，这种行动无疑极为率性、极为勇敢，更见别具一格、令人惊奇的精致，我为恩铭鼓掌。

借助"案边散墨"的昂扬姿态，《夜歌》帮恩铭写就了一段既诗趣盎然又沉着多思的人生别传。"别传"可能并非另载或补记了一个人的生平逸事，太多太多的时候，人生别传，才是正传。

林超然

2023 年 11 月 25 日于广西玉林

序曲

　　绿叶泛黄，操场的跑道上，有的跑，有的走

　　有的走走停停，运动者数着圈看四周的点和面

　　跑步者用劲儿，每个人走或者跑的样子被手机拍下来

　　不知疲倦的欲望被拍下来

交给跑道之后，无意改变方向

你没来，等你的人开始念叨

你的故事形成传播场，见到的

见不到的，记住你

记住你的故事

可供娱乐的故事

风很轻，没有阳光

天气预报说午后有雨

我拿着雨伞，雨还在创造时机

午睡后，浇湿记忆

那些围绕图书馆周边的散步还在进行

句子不听使唤，特定的符号瞬间凝固

意义终止，读者一脸茫然

别说了，有些话冲口而出

叶子绿了，又开始发黄

看一眼天空，蓝的天空

夜晚的歌唱自高楼传来

不要去寻找歌者

不见人，和他一起唱

大众的声音淹没他的想法

淹没每个人的想法

看着看着，夜已淹没一切想法

第一辑
旧事新声

抚摸青铜，远古的钟声敲响
抚摸竹简，祖先的言犹在耳
识字，看图，听音，有些沉入水底，有些陪伴身边
沉入水底的，某时某刻浮上来，唤醒记忆
陪伴身边的，随时随地和你共舞

脚步越来越近，我们且躲在暗处
枕着前人的梦境入眠
梦境大开的那一刻
快快拣拾一串串自然飘落的句子

风暴

我们生活在偌大的空间里，不知什么时候会卷入一场风暴。

也许，没有真的风暴。

某种心灵的风暴，亦会裹挟你。

李白会说：我做什么了？加入皇家的队伍去收复失地，错了吗？为什么会身陷囹圄，为什么会远贬夜郎？

杜甫会说：我做什么了？从长安不顾一切地奔向凤翔，追上了。麻鞋是见证，衣袖是见证，可是，就说了那么两句话，为一个叫房琯的官员，从此远离政治中心。

我们无法预测下一秒的故事，更没必要预设结局。

李白的落寞从此开始了。

杜甫的漂泊从此开始了。

谁也没有再回到长安，回到这个真是他乡的故乡。

燕子楼

一

你是楼上的燕子吗？还是燕子楼的过客？

楼上的燕子不见了。燕子楼的主人不见了。

此楼非彼楼，只是把故事画在墙上，让你读，让你看，让你流下时空错位的眼泪。

泪珠落下来，打湿雨后的石头路面。

温暖的梦不见了。孤独的故事不见了。

见到的只有秋的寂寥。寂寥不独属秋，路人寂寥，游人寂寥，彼此的心事寂寥。

二

听我给你讲故事，一个因爱而独守的故事。

彭城的天空布满张郎的爱意，布满盼盼的渴望。

爱意并未伴随生命的终结而消失。

流萤在飞，盼盼捕捉之后，便要守住爱意，守住白乐天笔下的云朵。

守不住的是孤独。沉默的锦衾，帷幔，楼外的花花草草。

孤独被爱意围困。

桃花开了，鸟飞来了。

楼前的观看者设计攀折，捕捉者设计罗网，看谁漠然走开，走开的众生情感世界无比寂寥。

三

彭城的夜，

张尚书和关盼盼的恋爱不见了。

长安的夜，

白乐天和张仲素的唱和不见了。

那些停留的意象慢慢变淡，慢慢消失，慢

慢升起，慢慢落幕。

舞台上的演员再投入，台下的观众再投入，
演绎的对话并不平等。

洛阳的夜，

墓畔的青草不见了。

彭城的夜，

苏东坡的想象也不见了。

他曾经静坐某个角落，想盼盼的美妙身姿，
想故事的香艳迷离，或者想想爱情的生离死别，
或者想想留下的皎洁白月光。

四

我来的时候，天气预报说有暴雨。

雨能为我布景，爱情的阳光只有躲起来，
觅不得，故事才更合理。

你唱吧，唱一曲彭城的旧调。

我听不懂，可以顺着故事的脉络向前走。

公园里有一把油纸伞，打开古典的小径。

梦是远了，还是近了？

五

歌声留下了，梦不能放弃。

高铁一直沿着彭城穿梭，旅客忙着与手机对话。

只有我，目光洒向燕子楼的上空。

这个北方与南方交叉地带的雨季会持续多久，有人就用余生等你多久。

挥挥手，玉箫声里蛛网落。

独眠人，向满窗明月招手。

唱歌的人，一定在寂寞的，寂寞的丛林深处，陪你归去。

题都城南庄

一

三月，寻春独行，崔护有所期待。

孤洁而寡合，这样的人更渴望爱情。

在城南，有女子独倚小桃斜柯。

带着余香的一杯水，水做的女儿，迎面
而来。

崔护醉了，爱情来了。

二

小扣柴扉，真的会遇见爱。

有故事的人才会找故事，找到的往往是
心事。

遇见的，就记住了。

三

想起故事，他又来了。

此门还在，此人难寻。

桃花还在，人面难寻。

花前月下的执手相逢推迟上演。

四

一个因失落后动情，动情后题诗。

桃花开了，人不在。

人在与不在，桃花不管。

只能怨桃花，错过赏花人。

读过的人一定不少，动情的，当是遇见

过的。

少女的梦在诗句中闪耀。

五

一个病了，桃花不懂爱情，她懂。

手捧饭碗，无法下咽，饥饿是因为爱情。

绝食是因为爱情。

爱着的人未必知道。

知道了，未必会来。

少女的梦与春风一起扑空，与春天的花瓣
一起碎落。

六

这一刻，相思的风吹过。

桃花开得正好。花瓣儿中隐藏着粉红色的
记忆。

记忆里，人的影像如花瓣在春风里。

七

故事进行一半，有一种婉约的美。

读过的，回味悠长。

寻找结局。

于是，崔护第三次来了。

城南旧事，借助一首诗吸引很多人的目光。

为了遇见的和未曾遇见的。

那些有过的爱，是否会存于瞬间即枯萎？

八

出场的，未出场的，给出共同的答案。

倩女离魂，为了爱。

龙女转世，为了爱。

那些看似失去的，还会回来。

回来的，伴有一种期望，一种圆满。

九

桃花开了。春风来了。

谁说清明节不宜有爱情。

有故事的人啊，喜欢独行。

如果村庄的门关着，路过就不妨敲敲试试。

故事开始了。

十

故事就是故事。

诗不仅仅是诗。

去年今日，还是某年某月某日，故事的当
局者变了。

也许，春风起时，摇曳的花枝上挂满期待。

题诗左扉的那只手尚有余温。

马嵬驿

一

大巴在雨中返程。

路向牌上赫然写着：马嵬驿。

这是一个有故事的地方，这是有一个凄美故事的地方。

那个帝王，无路可逃的时候，与你告别。

那个妃子，无情可守的时候，与你告别。

二

刀光剑影冲淡了床笫间的爱意。

你是那个妃子吗？身着盛装在水面上舞蹈。

盛世华章，水喷到空中后打湿游客的心情。

他们渴望故事，渴望在长安找到故事。

尽管没有演绎的过程，那些吟诗的装扮者徒有声调。

装腔之后，尚有作势。

三

如果不是白乐天的爱情破灭，你的故事会是一种讽喻。

他在鳌屃的仙游寺想到故事的发生地。

向长安出发，每次都要路过，想想某些场面。

不知哪一次会想到爱情，而后帝王就无法成眠。

他的故事取代了你的爱，你对帝王的爱，或者说帝王对你的爱。

爱，是不能忘记的。

四

摘一束花椒，摘一枝石榴。

神道已被岁月冲得如此模糊。

这些石人石马守候的，只剩下周边的土地。

把拍下的照片看了又看，一场战事轰轰烈烈地过去了。

抚摸石头，故事越来越模糊。

看了又看的，仅有壁画上的男男女女定格的瞬间。

五

马嵬驿，一路通向长安，一路通向益州。

长安回不去了，益州可行。

长安回不去了，灵武可行。

一位皇帝在往事中回味，蜀山蜀水长安情。

一位皇帝在前途中奔赴，丝绸之路长安情。

六

雨，还在下。

马嵬驿早已留在身后。

白乐天的故事只是一个版本，一个皇帝把一生一分为二的版本。

他的爱情仅仅是追忆中填补空虚的注脚。

梦里的仙山已远。

仙山的故事已远。

江雪

永州的雪，落在江面上

你坐拥一片空旷，寻找鸟儿

说说话，要不然

自己和自己说得太多

没有存在感

如果江面无冰，风又小

鱼竿落上雪花很快就融化

你的悲情骤然减少

如果向北而行

来到我所面对的菲迪湖上

根本无法垂钓

即便把寂寞放在冰缝间

也钓不上来

我在想象，此刻，坐上高铁

扎根永州之野，倾听雪落的声音

招来江南暖意

置于湖畔，重新布景

垂钓

春风里的鱼儿

登鹳雀楼

看罢大铁牛，想起

童年放牛，骑在牛背上啥也不想

快乐一去不返

于是，登楼

向北，中条山正是夕阳西下

向北，黄河水一片渺渺茫茫

你有诗句脱口而出

面对不能重复的困境

意象仍旧

只好用白话重说一遍

千年以后，这座楼已远离原址

顺着旗亭画壁的指引

再上一层

重说的念想与晨雾即刻消失

普救寺

把一次爱的遇见放在寺院

当我仔细地打量，竟然发现

故事截断后，仅剩属于西厢的一角

游客只是向前走

边走边看

走的是通幽之境

看的是渴望团圆的虚幻

找啊找，找啊找

善于忍情的才子被丢弃了

知书达理的莺莺被丢弃了

半炷香烧完

有人安静下来，听听导游讲曲折的故事

绕树一周

赶紧挂上扯不断的红线

故事最好停留在长亭送别

留下另一半，陪我

回到塞北，迎接一场鹅毛大雪

等到，雪落了

中断的故事

刚好继续表演

梦天

病痛沾在衣角，与秋天的落叶一起飘动

咳得停不下来，就想

天上真的没有苦难吗

我们常常把看不见的东西揣入衣兜

不经意处掉出来

拾起掉落的情绪，想象有一群仙子

舞到兴处，你的诗意就会飞

飞过大海，飞过云楼

一千年转瞬即过

秋夜，月色白，白得令人发慌

老兔，寒蟾，哭了又如何

想飞天的你，还是站在原地未动

白头发散开，快让小女子帮你扎起来

驴饿了，喂饱它

寻诗的路漫漫

且与桃花一起入梦

嫦娥

高楼的灯火透过窗口明暗交集

上面一片黑暗，黑暗之上

有什么期待和月光出现

我们的视野不会穿过另一个空间

嫦娥躲在那里，镜中梳妆

两个自己对照，月下吟哦

逃离日常却丢失爱情

公园的椅子上，爱情悄悄生长

安装的报警器鸣叫于体内

圆月把红晕呈现给忘我的男女之后

有人关上窗子

如果灵药真的能带你飞

那就选准方向的时候合理定位

守着孤独，动摇之际谁能相信虔诚

读杜诗

一

一场战乱吞噬了你的豪情

灵敏的嗅觉，早就感知到风中散出的

火药味

谁也不能阻止帝国大厦崩塌

雾笼罩着整座宫殿

山顶的风景还没看够

李白的侠气四溢

张旭的狂草飞舞

《清平调》一唱，明皇和杨妃玩得正嗨

回家的路如此漫长

长安的风如此低沉

你的诗一字一字呕出来

山川，河流，花树一并呜咽

从人群中找到自己，再把自己融入人群

读罢掩卷，那些旧句子新句子化作夜雨敲

打屋檐

二

华山到秦州不好走啊

你的人生至此又隔开一段儿

一段是火焰，一段是海水，一段是乱山

下一站是什么？漂泊的路漫漫

想起高适，那次同游情难以忘记

梦见李白，那个流放者神情黯然

手抚南郭寺的老柏

登上麦积山石窟，历史的图像风云变幻

看看东柯谷，看看西枝村

仅仅驻足后记上一笔

真想安营于此，却未能如陶令吟赏自然

走了，出发吧，趁天色未晚

无论到哪儿，斯人独憔悴

战事还在继续，难掩那一份揪心的系念

闻一多故居

一

清晨的阳光照在你的雕像上，锃亮锃亮的。

背面的文字紧扣这座小城写成。

我只是站在台阶的边沿，一边阅读一边想象，你在课堂上讲唐诗的样子。

那些优美的诗句一唱三叹，尚未完成歌者的形象书写。

二

安顿在这座小楼的二层，你与海涛为伴。

诗句沿着大学校园扩散，安居的梦想扎根于此。

只是，这个早晨无风，树木的静止中读你不深。

三

夜幕笼罩，绕过宾馆的周边看安顿心灵的家园。

我喜欢夜，喜欢在夜里独坐冥思，或者在夜色中寻找孤独。

行走中的思想会动，冥思中的自己纯净。

你的热烈不会令周边不安。

青岛的海水未死，你与水纹同行。

四

怕午后的阳光刺痛你，刺痛相遇的喜悦。

我只是在午餐后滋生来访的念想。

这是一棵树的念想，扎根于此。

看你回来，看你离去。

看你把梦折叠成诗，放飞在新月的余光中。

五

第三次走进这里，和你告别。

我有些恋恋不舍。

福山路的那些房客与你有关，沈从文是不是时常踱步至此约你喝茶？

也许他会把翠翠的故事与你分享，或者分享你关于诗的发现。

某个时刻，你和老舍在荒岛书店相遇，那些关于文学的思想进一步延伸。

这些对话在波浪中溅起文学的味道。

一座城，一所大学，涌动着涨潮的激情，享受着退潮的静谧。

六

又一个上午，阳光还在。

我带着激情离开，把一片海的天空留下。

故居一动不动，路人无视走过。

我看着他们，他们看也不看一眼。

记住蓝色的幻觉吧，荒岛如今青青也。

谁也不知道这里曾经承载的温度，

人文之火怎样点亮过寂静的星空。

观象一路 1 号

一

自《跋涉》到《麦场》，自《麦场》到《生
死场》。

从哈尔滨出发的两位东北文人，告别了白
山黑水。

在青岛，荒草书店与观象一路的距离并
不远。

当萧军推门回家，萧红还沉浸在文字的
跳动中。

他们写下的，

有些故事注定要留下来。

二

站在故居的墙边，向里面张望。

看不见房子的底部，这座二层小楼依然可以看见海，依然住着人家，只是门锁着。

我们需要找到钥匙，开门。

找到的是打开心灵的钥匙。

三郎的吼叫声不在了，

萧红的诵读声不在了，

麦场上的北方不在了。

三

这是第四次来，每次都会留下自己的影像。

为了寻找二十三岁的你的样子。

观象路牌引我上前，记住一路和二路的区别。

上山的车艰难地离开。

下山的车快速地奔驰。

躲躲闪闪中，四处张望，想找到你能落脚
的步子。

四

荒岛书店到内山书店距离很远

向大上海奔逃，向鲁迅的居所奔逃。

与新图景有关的故事映入眼帘，而这个岔
路口化作记忆的图景。

仿佛你买菜归来，

仿佛你散步归来，

仿佛你游泳归来。

一群过客聚集在这里，笔下写满底层的生
生死死。

五

下楼后，看着三条路的交会处。

或者，上楼看不远处的大海茫茫。

会想起北方的雪花飞舞吗？

会想起商市街那些与饥饿有关的琐事吗？

会想起呼兰河边小城的亲人吗？

六

第一次问自己：我在找什么？

为什么到这里总要停留一下。

看一眼观象路一草一木，走到山的高处向下望。

站在半山腰看小楼秋色，竟有怅然之感袭来。

竟有 1934 年的歌声传来，歌者浮现后迅速消失。

有时候，告别仪式不需要很久。

七

来了，黑土地上的逐梦者。

来了，带着海滨咸味的《生死场》。

只为怀念一堵墙的厚度。

八

匆匆拍下照片，司机师傅反复按几下快门，担心我在图景中迷失。

他不明白，如此执拗地要与一面墙合影的意义。

回头一望，再回头一望。观象路此刻的风景一览无余。

一辆车停在这里，等候漂泊的心情。

我冲他笑笑，告知返程路线。

掉头，开拔。

路不长，却久久未能驶离。

再见了，观象一路1号。

荒草书店

一

绕过网红墙，小巷深处有一座书的孤岛。

目光洒向周边，曾经称为"荒岛"的名字未变。

窄而小的笔记本记载着一个故居群，每个人的名字焕发暗夜里的光。

二

由北向南，奔向老舍的居所。

老舍来了，找到心仪的读物后继续伏案，构建纪念馆每一幅记忆的图景。

由南向北，巷子里的男男女女在拍照。

老舍来了，会把《断魂枪》铺在地上，高声念出来。

三

小路维系着老舍的行迹，书店通向的是时代的缩影。

老舍在这里讲他的文学世界，萧军在这里找寻他的生计。

故事被采撷进入彼此的传记，却一直在寻找读者。

有什么会记录在书店一角？

看店员认认真真地盖章，荒草书店覆盖了一座城市的繁华。

四

店内静寂，店外喧嚣。

只剩一分钟了。当我推开纪念馆的门，推开一种冲动。

一个展厅，一个展厅，把你的文学空间分割后，我再合在一起拍照。

我在照片上读那些压缩的故事，读着读着，沿循八十年的灰尘踱入书店。

店内静寂，店外喧嚣。

五

寻访错过，我在门口留影。

和一个心愿约定，下一次相聚。

再来的时候，仍然未能进入，只是在门口遥望。

其实，如果不是执着于一个入口，早已看见今天的风景。

六

院子里，拉洋车的祥子沉默无语。

听故事的人也不会心潮起伏。

众生游罢，便进入海军博物馆，探寻战舰

驶入的方位。

此刻，我数着时间，租好的出租车还在等候。

下一站是观象路，再下一站是福山路。

穿过一所老大学的领地，向两边扩散，就此到达。

七

寻找传奇，寻找传奇的影像。

找到的只有平凡的旧痕，旧痕中难掩新生。

八

清晨的步行者，不会在此停留。

他们要上班，他们要锻炼。

忙着忙着，忙得无暇顾及，忙得无可奈何。

即便闲下来，视频号的影像比现实更美更丰富，还可以附着流量。

怀旧之余，消费时间。

九

我把梦中的期待写在这里。

蕴藏着一种渴望，这是一次寻找文学的
行旅。

我知道，这样的故事可以写满整个秋天，
写满属于荒草书店的秋天。

绿了又黄，黄了又绿的落叶，满载着不可
阻拦的冲动。

有时候，冲动可以转化成爱意。

十

此刻，我躺在秋天的皱纹里思想。

把思想放在浮萍上，漂到湖心。

动了思静，静而思动。

没有谁不会触摸灵魂。

萧红纪念馆随想

小院幽深，风阵阵吹起微尘

与沉思的你合影，再向前

把漂泊的日子寄存在旅店

是谁点燃了许久不见的温馨

后花园的梦幻还在播放

这些蝴蝶飞来飞去，这些蔬菜油绿油绿

墙体斑驳，什么都无法替代春天的悲伤

告别爷爷的喘息和有二伯的梦呓

你出去找啊找，倾听一座都市的夜歌

波涛汹涌，回到无数次驻足过的呼兰河

这是你的呼兰河，河畔的小城仍在

买菜回家，放学回家，迎着正午的阳光

家门外，隔着栅栏高楼林立

家门外，还有什么物件会唤起你的记忆

萧红纪念馆留影

摊开的文本上，阳光照耀

老房子掩映于绿树丛中

看你坐观风云，循着视线追溯

地砖摆成曲线，弯弯曲曲向外延伸

不敢和你对视，甚至不敢抬头

我只是想站在你的身边

不断地调整位置，想了又想

唯有望向远方

第二辑

梦与现实

落座吧，位置一直空着
一旦躯壳里的器官和你作对
战争开始了

天遥地远，无法接收信号
耳畔，战鼓声声
勇士兀自冲锋陷阵
猛回头，有子弹击中柔软的内心

每一股溪流终究会奔向大海

谁能选择好自己的方式与世界告别

也许并不能决定在某个特定时刻

清晨，雾笼罩大地

沉默，昏暗的天空把离别的幽怨诉说

聚光灯前，话语熠熠发光

大舞台后，梦想悄悄失色

转眼已是十一月的第二天

故事戛然休止，帧帧图景一晃而过

留下来吧，水滴的痕迹

留下来吧，大海的嘱托

小溪流，一直向往海的辽阔

大海会张开怀抱，冲离家的孩子

挥挥手，挥挥手

当你扑入水中，一定会荡起万顷碧波

随想录

一

潜入水中，用芦苇做成飞机

向天空进发，草色连空，触动云的忧愁

我们要在这样的场景中相逢

你看你的，我看我的

领地

二

嗓音清亮，讲起故事绘声绘色

坐在桌上，把梦收拢，进入提酒的程序

一段话，又一段话

导致胃胀，喝水

体内涛声响起

身外眉目低垂

三

测测行距，该收的要收起来

那些腌制的食品就不要吃了

咸味会冲淡今晚的月色

四

我们坐在这里，讲一些陈年八卦消毒

讲累了，就先不说了

喝杯果汁，再慢慢咀嚼故事的细节

有一些已经发酵

有一些被水淹没

剩下的，放在垃圾筐里

陪伴蟹壳

五

翻开电话本，找寻

无法打通的号码，拨一下试试

忙音传来，故事却被记起

这个上午，与某个故事同行

六

眼前的树丛如此不同，告别之际

总会恋恋不舍，夜晚的微光遮蔽情感

清晨的露水唱着伤感的离歌

情况说明

天气不好，你为什么不带伞

你的伞为什么只有一个人打

请用一页以上的稿纸说清楚这两个问题

一边说明，一边反思

你可能不知道，正襟危坐的样子有多难看

月亮出来了，都会躲回去

故事本身可能无趣可言

击破背后的动机才会符合兴奋点

知道操纵这场游戏的难度吗

进场表演，出场表演

向上演给座位，向下演给时间

退场的时候别忘请假

请假的时候别忘退场

清除垃圾后的手机才能拍得又清又亮

制造事件有时候是一种幸福

无风的夜晚，独自徘徊在寂寥的校园

没有故事，没有事后的泄愤过程

多么遗憾，你的歌唱，你的怒吼

此刻谁与你相伴

如果赶上这个正午，告诉你来谈谈

你会狂奔而去，还是坐电梯找到秩序

和你说话的人只有一个，他在说

说你听不懂的事件

事件制造出事件，有时候挺好玩儿

面孔狰狞，启动赤裸裸的钓鱼表演

阐释之后，一些人沉默不语

赶紧写情况说明，不要文采斐然

写好再改一遍，交上去大家都很舒坦

细思极恐，事件的事件如梦如幻

元旦寄语

戳破储藏记忆的陶罐，汩汩水流

压在水底的图景，和游鱼一起

闪耀，隐入地平线下的阳光

接力，升起月色的仙子

我们生活在同一个空间

只是切割好的格子铺五彩斑斓

陷于某一种颜色的泥沼

见到你的条件是需要数准见过的落日

期待的种子和一场大雪密谋

无风的深夜

与冰冻的泥土对话

写下寻找春天的故事

一杯酒，一支笔

还要守护逃遁后给我们温暖的家

我们把自己的歌唱给自己听

如果不是在这里遇见，讲台和粉笔

环绕图书馆的雪就不会留下故事

微风吹过，春意渐生

掸掸帽檐上的雪花

告别 2021 那些影影绰绰的梦

我们的家安放在平静的港湾

小船出发了，船上的桅杆

守护着，每一个家人的里程

微风吹过，摇摇摆摆

迎来 2022 那些充满幻想的梦

绘就的梦里，一定有一首歌

我们谱写的歌，我们在唱，我们在听

这是你的，我的，歌

这是唱给你的，我的，歌

我们把自己的歌唱给自己听

我们把自己的歌唱给自己听

入耳，入神

微风吹过，水波不兴

有一支笔与歌声奔跑，有孩子的眼神闪烁

这是明天的希望，筑梦的魂灵

梦

褶皱的皮肤开始发黄

秋天打落一身戾气

我不想和你说话

说梦过去了

说梦还在做

沉思絮语

一

大蜻蜓穿过湖面，水平静

雪从暗处带来寒意

我的，你的热情消退

悬着的钓钩与鱼对峙

鱼在水里看蜻蜓的舞姿入神

子弹击中嘴角，悬着诱惑的饵

不会商榷方法的科学性

一场雪会猝不及防地阻挡门打开

阻挡梦被停止

二

我的诗被你用信号弹引燃，这个下午

红色、绿色交织于案头的文字间

唐僧与如来互相发着暗语

佛音缭绕，却不是我能懂的

三

我们会重复昨天的故事吗

秸秆遍地，自在的猪

酣睡在童年不要出来吧

一只逃避石子的麻雀飞走

只剩下弹弓的空虚

摇摇摆摆

四

献给你一首简单的诗

简单到句子里无事

抛出的曲线

分解成无数的点

想飞的心

那年进入你们的空间，为送别写一首挥汗
如雨的诗

名字，在行李架上飞，飞入眼帘

我们宁静地坐在院子里

青春的梦忽远忽近，忽近忽远

视频里的我们正在变老，变得找不到熟
悉的路

可是，还要高飞

看吧，谁的翅膀沿着飞行的白线翱翔

语言的躯壳

那个与身体分离的游魂

纵身一跃，完成

最后的演出

想与你一起痛饮三杯，拾起

被按在地上的自己

坠落，二十分钟的沉寂

让梦破碎

破碎的，还有剪切后的欲望

世界并不与你同行

仿佛看到你

沿着高速路的拐弯处狂奔

错过故乡的绿野

错过学校的旗杆

从老人变成孩子

从孩子变成老人

读书的，书店消失了

消失的，那片云霞载你而去

愿你明天早安，愿你

安然入梦，从两三点钟的街头收心

放下手中的酒杯

不要越过约好的节点

运动员号码簿

每一次翻阅，总能想起

奔跑的图景，数字排列后

意义模糊，需要入场后出场解码

编码的人，把你的名字和一个水池放在

一块儿

跨越之际，水与鞋来不及搏斗

时间便记录在案

坐在看台，选手刚刚冲刺

你的影子一溜烟儿不见了

听歌

月光照亮屋顶，你坐下或者站着

周边有人看，有人听

对着视频号，送花，点赞

你的忧郁，你的低沉

在词语中回味

歌声清亮

月光照着你的脸，你和月光兀自低回

答辩会

一站，一站，高铁上的乘客用手机衡量

我面前论文的厚度

那些被加上注解的诗，那些纸上的涂涂

抹抹

与娱乐似乎无关

我已进入会场，开始点评

列出几条优点，再找到漏洞

会不会在条分缕析中扯碎别人的梦

场上，鲜花与青春映衬

我们不知不觉早已改变身份

且把鲜花捧手中

青春都一晌，辛苦耕耘就一定梦想成真

我喜欢

我喜欢在雨中狂奔或者慢慢地跑着

我喜欢扑入人群的中间慢慢超越

我喜欢在跑步中寻找自己的感觉

我喜欢超越性体验

我喜欢提前进入角色

我喜欢说大话，说了之后，自己当真

我喜欢去践行去做苦行僧

我喜欢长跑

我想找到自己的节奏而不是跟在别人身后

新年寄语

潺潺流水中渐渐结出冰块儿

顺着桥的一角冲击

被夜叫醒的人啊，徘徊桥上

听到冰的躁动无法入睡

我们数日子，数过播种数过耕耘

落在地上的汗水与冰水融在一起

我们盼收获，盼过春天盼过秋天

飞在空中的风筝与梦想系在一起

冰块儿融入冰水笼罩大地

从这里穿过仿佛躲避疫病的传染

人们不断地提速遁入远处的高楼之中

没有遗失的话语，唯有落雪无言

这时候许愿一定会有梦想的护佑

我们把歌声留在房檐上让风吹远

第三辑
日常故事

阳光照耀，光脚驰骋在故乡的麦场
土路两侧，黄花盛开
寻找故事就要进入北地

北地如画，北地生诗
躺在井房子的冰面上
童年的梦中啊，犬吠柴门
讲台上，一束柳条折断记忆

小尕斯

这个世界是温暖的，唯有温暖才能安身于暗中。

小尕斯怎么也想不到，这样的温暖很快就消失了。

他是在熟睡的时候被抓走的。

当他在漆黑的山洞里醒来，睁开眼，什么也看不见。有人吗？有谁会看着他，和他说说话。

小尕斯属于乡村的边缘人，每天吃过早饭，便站在村口张望；每天吃过午饭，便站在村口张望；每天吃过晚饭，便站在村口张望。

等一个人，这个人离开村庄很久了，每年

都会回来两次。

　　这个人骑着自行车从他的身边吱吱呀呀地过去，他会说一句："你回来了？"对方点点头，他就满足地回家了。只是他不知道，这个人什么时候回来，他每天都去等，等晨露被阳光晒干，等阳光从头顶滑过，等暮色与村庄融为一体。

　　他不知道，从某一刻起，他等的那个人去了远方，便不会回来了。

　　即便回来，也只是乘车穿过每一条街道。或者停下来，拍几张照片以供追忆；或者寻找曾经奔跑的镜头感慨一下，迅速钻回车里，越走越远。

三人行

十月的某个夜晚，我们相聚在海滨小城

的角落

角落的周边，坐满同行者

找寻自己，找寻风可能吹过的窗口

这一次，终于走进共同的殿堂

三个人，坐在海的周边

诉说曾经留给沙滩的足印

会心之处，陈年旧事闪闪发光

风吹海浪，一层一层波纹打过来

停在记忆的底部

投网打捞，捞起的砂砾遮不住流水的清音

中师生，中师生，中师生

江南联结东北，东北联结江南

睡在青春的栅栏里，我们学会领着孩子

舞蹈

学会在黑板上规规矩矩写字

学会唱着摇篮曲寻找青春的梦

那些阅读经典的冲动不可名状

改变的欲望涌上天际

水里翻不开身的鱼儿要奔向海的深处

我们行走于共同的领地，古典时代的歌声

悠悠远远

一个一个，开始在暗夜找到最亮的星

于是，把曾经的故事

讲给初学的倾听者，让他们

夜里睡得安稳

那些聚集时光的绿叶黄了

那些聚拢火苗的炉子灭了

无法选择的

是折叠后抛出的纸飞机能升的高度

守在领地，你在传记中识别不同的脸孔

守在领地，你在诗词中体验长安的暮色

守在领地，你在韵脚中读出诗意的星空

还有什么遗忘在落叶的纹路无法遇见

还有什么飘拂在岁月的船头难以识别

我的，你的，他的

一只燕子飞过低低的屋檐，停下来或者停

不下来

此刻，青岛的风暖暖的

你让我站好，给我照相，照自己的青春

我让你坐下，给你照相，照明天的自己

就这样告别吧，用沉默点亮相识的灯塔

照亮前路的灯塔会一直为我们亮着

下次见面，我们带来彼此的笔

现场书写，用写好的文字下酒

三位歌者，来自不同方向的影像

将消失在灯塔的余光里

黎明湖畔

木栈道，横在眼前

风吹动，水波兴起

吐出的话语开始加速与风同行

如果抓不住，会飞得很远

这个下午，我们追忆大学的某些细节

早已被湖水浸泡过的细节变得臃肿

比如某人摔门离开的刹那

比如某人推门张望的瞬间

其实这些与冰酒一起已化作杯中的倒影

记得的，忘掉的，忘不掉又不想记得的

统统端上桌面，放在盘子里排开

按照什么顺序呢？举杯之际

请给出答案

明天的高铁会错过黎明湖

错过湖畔的风，伸出手

抓住水的温度，带回家吧

一个一个波纹在记忆里慢慢回放

直至夕阳落下

湿地记忆

桥上的蚊子布阵完毕，一头扎进水草

等待上钩的鱼，等待血色黄昏

不远处，暗香浮来

看客纷纷落入彀中

鸟儿兴奋了

贴着水面演示逃跑练习

秦州纪行（组诗）

霍松林艺术馆

转身看到熟悉的文字，这个图景

自唐音阁传来

涌入的人群还在拍照

我已躺在记忆的河流酣睡多年

回到故乡，你的风姿仍在

乡土乡音响彻三秦

有些故事被挥毫者涂涂抹抹

第一次来，我把自己钉在诗句间

眺望一种高度，道别之际

仍是相对无言

南郭寺

长安渐冷，老杜规划路线

秦州，一座城，一段记忆开始了

抚摸南郭寺的千年老树

我和你一起感叹人生

喘着粗气望向更高的台阶

诗意驱赶着疲惫

碑上的字迹有些模糊

行旅图指向诗人的记忆

站定后反复看了看你的画像

如同你在杂诗中描述自己的情境

麦积山石窟

沿着木栈道，彼此搀扶着向上

路上的障碍总有人和你一起清除

穿过魏晋，穿过隋唐

岩石上的泥塑汇入古典文明的渡口

前呼后拥或者前呼后应，我们

有暇顾及彼此，却

无法俯视身后的风景

放下惊悸，抬眼望去

这座山有无数个窗口通向天空

此际想读杜诗，诗圣曾经在此停留

农家小院

摘几粒葡萄，与瓜果一起

放在餐桌上，让它们倾听唐音袅袅

故事追溯得太远

先用泉水洗掉古典时代的点点灰尘

我们辨认树种，回到童年拾趣

想起案头厚厚的诗学史，里面没有这些

且把故事放在空白处，慢慢吟赏

如果有人继续编纂文学图谱

会沿着我们走过的足迹考察

谁还记得小凳子上传来的欢语笑音

再见长安（组诗）

大唐芙蓉园

灯光，全是灯光，变着法儿照耀水面
则天号显示出独有的威仪
李白的诗溅起水花，打在游客的衬衫上
一股凉意深夜袭来

我们目不转睛，一帧图画接着一帧图画
连续地演绎诗情，这些历史的碎片互相
拼接
观者需要缩减想象的空间

歌儿舞女的一边，绿草青青

且掬浪波伴壮歌

一个王朝的背影已经植入人海

车过马嵬驿

不能在失去爱情的地方停下

这次出游有些黯淡

路牌清晰地标着：马嵬驿

杨妃殒命，明皇不忍回看

白乐天自仙游寺归来

锁定马嵬驿，将完整的故事拦腰截断

一半是狂欢，一半是痴念

此刻是下午四点，雨还在下

天气又冷又无常，当大巴驶过路牌

历史被现实拉开，渐去渐远

建陵怀古

石人，石马，被围栏圈在庄稼地

继续守护乱中取胜的主人

如今找不到半个身影

他仍然在不知所措中搏风打浪

李白、杜甫、王维写下与你有关的

低吟清唱，老调子不会重弹

有的贬黜，有的责授，有的流放

叹息啊，石榴树孤零零地站在这里

摘下一颗，保留历史的温度

临别，把它放在宾馆的桌子上

大雁塔

玄奘的雕塑前，有人在合影

关于这些，登塔题名的诗人不会看见

游客只要买票，再扫码

上去容易，下来也容易

我坐在亭子里，看众生观塔

看塔观众生，找寻失落的钥匙

真想张贴一张寻物启事：谁的钥匙丢了

应答者早已躲在某个角落

门卫拒绝给游客拍照

诗人的影像渐渐模糊如黄河水烟波浩渺

西安碑林

布满石头的殿堂，行人分布其中

自汉唐出发，一个文字年代的演绎进程

导游一边换位一边讲故事

故事的主人公做着灵异的梦降生

宣纸落到石面，写手和刻工在对话

为了难以忘却的念想

俯仰之间，记下人或物的成长史

这个上午，沉入其间

待我回过神，置身走不尽的文字长廊

还好有购物小屋，顺便带走两张卡片

陕师大校园

这座爬满青翠的图书馆，我的家啊
读书的孩子时常记得存储的往事
每次进入校区，奔向你
都会站在门前，看了又看

看了又看的，还有畅志园
草树之间，那不仅仅是书法作品
更是师者的倾心唔谈

研楼，超市，学子食府
想起当年杯酒下肚后的壮语豪言
赶紧把淋湿的记忆藏入草丛旁边

承德记游（组诗）

棒槌山

跋涉，为了站在高处看你

数不尽的台阶不算什么

倚栏杆处，有人战战兢兢地留影

古老的寺院见证众生的脸孔

走上去，走下来的，都是强者

拒绝缆车的诱惑才能数清台阶的多少

我们趁机寻找歌声，聆听大自然的歌唱

棒槌山一直等待我们，如何应对挑战

这里的路很长，风并不大

走在长路上的众生啊，要学会随时整装

待发

小布达拉宫

打破神秘感，决定和你见一见

跨进大门，扑面而来的异族风情将我击中

有些故事藏在布景的背后

淹没在北地的夜色深处

顺着宫殿的一角向上望去

晴空之下，众生拥挤在窄门之内

寻路吗？这是旅游胜地，不能找到回家

的路

来客络绎不绝，要赶上一场盛宴

侍从已经就位，朝拜者啊

要把虔诚之心带到万里之遥的山那边

避暑山庄

赏罢烟雨楼，与你告别

转身的瞬间拍下一帧影像

游船上的众生，水中看花

看雾起时导游解说之际的满脸笑意

文津阁山树掩映，诉说着书去楼空的寂寥

欣赏寂寥的游客环顾一周

果断离开，顺着湖水去找与书无关的风景

坐上过山车，登城墙远望

那些胜地仅仅是小城中的一堆亮点

下来后才晓得：有些梦早晚要醒

母亲老了

刚刚，母亲用视频呼叫我

赶紧放下手头的事情

打开手机

母亲看了看我的样子

她说可以了

一分钟而已，母亲老了

没老之前，总是勇敢地骑着自行车

从太平乡出发，到兴隆乡去

兴隆是我的故乡，母亲的第二故乡

那里有属于她的土地

地里的草盛而豆苗稀

母亲就出发了

穿过县城，穿过人丛

对母亲来说，铲地就是回归

我的家迁到县城，妹妹到省城上学后

母亲老了

属于她的土地包出去了

于是，她开始侍弄花花草草

花开就上街去卖

花落就继续种植

街上太热闹，楼前楼后太热闹

母亲本就睡眠不好

无法承受，又不愿意搬家

但还是搬了，新房子有门卡

物业防范森严

即便朋友来串门都不容易

母亲的睡眠好了

抱怨并未减少

母亲老了，得了糖尿病

开始频繁地给我打电话

媳妇好吧，孩子好吧

有时间回家看看

一直在循环播放，我总是认真听着

听着听着，就把想念搁在心里

放下电话继续工作

母亲老了

才是属于我的母亲

听着絮絮叨叨竟然想起为她写一首诗

诗句其实很短：

我记得你，一个把孩子看得比生命还重要

的圣洁灵魂

关于母亲

池塘的水绕过荷叶的翠绿

寻找流动的感觉

从母亲的怀抱里挣脱出来

孩子们去搜集关于花木的认知

那时候，追逐的身影多么小啊

总想扶住要摔倒的童年

伸出左手，捕捉月色

伸出右手，捕捉阳光

月亮顽皮一笑，年轮多了一圈

太阳黯然落下，梦里多了一闪

如果能把它们放在一起

折叠出桃花灿烂的风景

直到夜幕降临，直到灯光渐熄

我们绝不放弃三十五路车的每个站点

二

地面上的拼图已经模糊

奔跑者的足印却更清晰

把讲完的故事交给你了

要找到倾听者传递下去

故事并不吸引人，需要转换

只要与青春有关就会发光

小心啊，被故事遗弃的动物

会狂躁起来，追逐你

要求你重新塑造形象

这个世界需要更多的善良者

他们

沿着祖先的目光跋涉

姥爷

从马圈房檐下落的冰溜子

与水融合，蔓延到铡草机的一侧

姥爷怒吼，机器轰鸣

我的梦顺着生产队的铁匠炉、粉坊开始

铺展

有些遥远而真切

姥爷曾经是一名威武的解放军战士

身为独子肩负着繁衍后代的任务

归来，归来

禁不住饥饿的围剿

于是，某个黄昏

自西营出发

一步一步穿越向北的云层

进入黑龙江的一个荒僻村庄

我出生的一个荒僻村庄

两三道街，泥房子，洋井旁的冰面

窗户纸，烟囱，麦地的人影和镰刀

还有水库斜面上漫山遍野的蒲公英

记忆的影像中深藏着姥爷的威武

姥爷和我的战争只有一次

当我哭叫着离开

少年的旧事与姥姥的目光对视

直到姥爷重新返回

山东省东营市西营乡香坊村的老房子里

姥爷再一次与我遇见

撞上我的青春期

人老了话少了

常常坐在凳子上晒太阳

或给我讲警卫员的故事

像讲别人的故事

讲完后并没有余音

省略号后面生出一串问号

没有找到答案

悄悄地，时间又把姥爷送回家乡

我已远行，伤离别

故事终止在客车的颠簸中

再见面，是在寻梦的路上

八十多岁的姥爷

看着我，看着我

东营的风很硬

姥爷的心很软

我们把带着病痛的记忆藏起来

那次裹入记忆的离开

居然会是最后的图景

我尝试着把姥爷的背影拉长一些

街道、站牌，和平平淡淡的拥抱

把电话折叠成节日问候的语音

让语音一直延续

让亲缘的血液里

流淌的故事传递下去

某月某日的上午十点二十分，姥爷

放下呼吸的愿望，放下

系念的纷纷扰扰

东北方的雪飘落

生命的寒意飘落

我们的故事

从此沉入记忆的湖底

等待打捞

兴隆往事（组诗）

我家的土房子

脑海中只有这座房子的记忆

走到哪儿，家里的大黄狗都跟着你

按照大小顺序排列

三个孩子躺在炕上慢慢睡去

倭瓜，角瓜，还有豆角

摘下来，切成片，晒在盖帘上

童年的梦啊，就要被晒干啦

房后，有四棵和我同龄的树

园子里，除了鸟叫，就是母亲和人吵架的

声音

吵过之后，再互赠耕耘的果实

多年以后，我站在房前

房前房后不再是我玩耍的领地

土房子不见了

我还是那个拿着苞米秆子冲锋的莽撞少年

后街女孩

记得吗，学校的后身是你家

我常常在校园的一角遥望

盼着你出来，看见就好

这种盼望持续了很久很久

其实，我们一直行走在一条平行线上

直到我向北远行，直到小村的灯光熄灭

有些什么在心头挥之不去

当我回来，手捧雪花

走在井房子通向的一条街上

和你一起走进雪地

小城的灯光亲吻了你的脸颊

记得吗，接过我手里的铁锹

你的脸红了，水库的鱼都躲着我们

掸掸灰尘，和往事一起游戏到黄昏时分

麦场

小时候，大人下地割麦子

我和牛车一起去送水

水送到了却赖着不走

就想在正午的麦地抓个蝈蝈

用麦秆编笼子，把蝈蝈放进去

挂在窗前，左看右看

蝈蝈叫了，我笑了

麦子拉到场院，马拉着石头磙子奔跑

后来，有了康拜因，马失落了

我骑马奔驰在乡间小路上

麦场和村庄的距离感还在

麦场的灰尘和父亲的醉话还在

割草留下的伤口还在

难过的是：那个活泼的我早已不见

水库

那时的我，特别喜欢去水库钓鱼

看水库的，出来追

鱼钩上的蚯蚓不见了

我们就跑，开满山坡的蒲公英都跟着着急

入冬，水库冰雪一片白茫茫

上学的路上，我们打着滑儿走过去

有时候就想：鱼躲在下面，不冷吗

它们会不会聚在一起窃窃私语

夏天来了，到水中漫游

有一次，水没了头

挣扎一会儿，爬出来，不敢再下水啦

水库横在学校与家的中间

下面其实有一条路更直更短

我们习惯了走在上面，缩小与春天的距离

故乡断片

苇草缠绕整个夏天，我和小牛约好日子

向着河流出发，那天

躺在草地上，用手抚摸它的身体

感受故乡的温度

如今回到故乡却找不到熟悉的笑脸啊

还是四道街，还是老房子

大黄狗追逐的影子一直刻在记忆深处

夜读

都睡了，一部小说才飞上书桌

爱情无法划分美与丑的界限，拼接故事

拼接一段青春

只有蜡烛懂你，光焰忽左忽右

直到你的幻想燃尽，慢慢熄灭

无题

拖拉机压过，柴垛落了一身灰

藏在其中的逸事借东风一吹

沿着土路蔓延

禁不住欲望的抚摸，我们追着弱者

围观，宣判

大黄狗边跑边叫，咬过的记忆仍有痛感

谁的童年没有故事，遗忘覆盖梦中的呓语

任北风吹，雨点落入泥坑

渐渐溢满

八一农大旧址纪事（组诗）

操场

记不起是 1998 年 6 月的哪一天

我和一个陌生的世界相遇

用五千米的距离宣告：我来了

我来了，这座操场见证了青春的后半段

故事

跑在赛道上，一位老人

看着我的身影，脸上露出笑容

下一次，仍在这里

看台上，空空荡荡

可以再见的，其实是新风景

不可再见的，是看风景的人

社科楼

二楼的左侧房间，我讲述着三种境界

第一次入场

至今，记得几双眼睛一直盯着

仿佛盯着当年的自己

我们一起打扫门前的雪

骑自行车的身影依然若隐若现

打开房门，借来的书本上写着读过的痕迹

不免激动起来

摆好姿势，拍张照片发朋友圈

这是一段青春的纪念影片

老家属区

书房的窗外，裴德峰郁郁葱葱

读读唐诗，联想终南山此际的景象

那年长安花开，一日看尽

才知道，远距离也有牵挂

我们守着租借的领地试图改变自己

破旧的楼门正对街道

狭窄的小路通向校园

该留下的，留下了

记忆的小径容不下些许花花草草

走在路上，才会想起驻足记忆的某个瞬间

与冯学民教授合影

梳理校史，梳理每一个故事的细节

遇见秋天，遇见你收获的笑容

因为曾经的梦想

那一声问候让这次相遇更为传奇

面对贫困，每个孩子吐露心声

面对梦想，我和你共同寻觅路径

许多图景历历在目

有些记忆如青年水库的波涛被风吹远

我们在操场上交谈，与裴德峰有关

我们在家门口交谈，与兴凯湖有关

一个个奔向未来的梦啊，立在峰顶云海茫茫

合个影吧，把记忆留在老校门

曾经有一段时间，我们把青春的种子播在
连队

早已遍寻不见，此刻留存的仅剩追忆的
念想

聚会

草原的风，吹进蒙古包之后
烤熟的羊喝下这杯酒
酒过三巡，诗意等不及了
它们和酒一起喷涌而出

记得那个下午，我们唱着跳着
装满一车的欢乐在雨中流淌
一车的旧梦被端上桌
撕扯成一片一片，下酒，再收拾起来
小心地放进书包
直到踏上归途

席卷了二十年的风烟一夜消散
每个离开的瞬间都被永久存念

校园四季（组诗）

春之声

诗人写到春天找不到合适的意象

雨雪交融的情景意味着只是开始

之后，草木卸下枯黄

绿意一茬一茬，找准角度冒出来

风筝飞动，广场上的人群飞动

春和万物一起在动

那些属于冬的标识仍旧套在身上

你要带走冬的呓语，风筝不听你的

把欲望封在冰块的内部，冷冻后

植入春的心脏，让她房颤

再请来最好的医生救治

看看吧，这是一场阻击战

放飞春的众生啊，愿意揭开冬的棉被苏醒

抵抗春的众生啊，愿意待在冬的梦中不醒

夏之语

夏天来了，总想说些什么

荷叶浮在水面，水阻碍她的视线

她的家可能在更远的居所

寻找居所的欲望怒放

坐在绿荫中间，忘乎所以

孩子恣意奔跑在小道上

道路一侧，芦苇与水窃窃私语

我们听不到她们说什么

说什么都不会扰乱孩子的脚步

蛙声一片，孩子听音辨别

追上孩子，伴着夜色一起回家

擦掉额头的汗水，洗个澡儿

孩子睡熟了，会在梦中继续寻找

夏天藏着专属于孩子的秘密

秋之色

黄叶的纹路编织秋天的心事

那些题句会不会枯萎

有人拿了笤帚

把失落的表情扫在一起

数一数，每一片镌刻的梦想

如果清风拂过，手为之一颤

夏天的温度荡然无存

冬的寒意顿生

笔尖，浸染浓墨

秋于静中生，叶子落上秋的泪滴

我们围着绚烂的大地奔跑

手心，融入温存

乘兴高飞的鸟儿想要占领辽阔的天空

天空无语，无边的蔚蓝把任性和嬉闹收

入网中

冬之韵

雪飘在空中，这仅仅是冬至的预告

我们远远地站定

红色屋顶上断开的白线

迎风，婉若游龙

枯黄、翠绿并不单调

下面铺上一层纯白，泛着亮色

一半水，一半冰

冰上的雪是冬的点缀

行到岔路口，风使劲儿扑来

躲闪不及，掩面而行

脚下的雪，顺风飞快地卷远

空地黑白相间，几个人影穿过

偶尔，扭头张望

他们不相信，冬就这样漂移而来

家庭故事

一

我把你们的故事重讲一遍，放在这里
毛巾从水里拿出，拧干后
留下成长的痕迹，这些无须记得的细节
应该是推着婴儿车停靠树荫下的情境补白

当时觉得惊心动魄，原来如此平常
经历过的考验会静候另一个生命降临
如今，路过那片绿荫我会回头看看
拥有的快乐竟然如此简单而温馨

二

风吹树叶为我们伴奏

孩子们与音乐的旋律一起舞蹈

空地上，跑调的童音依然动听

孩子们无忧无虑，冲击着我们的忧虑

日子会一天比一天快，也会

一天比一天慢，那种感觉已经无法捕捉

三

那时长安，两个小生命应运而至

守护神与夜色密谋，迟迟未能离开

站在玄奘像前，对影已三人的照片清晰

可见

兰园承载着我们共同的记忆空间

种子种下了，尚需呵护

艰苦的历程中仍有春风拂面

四

不知道未来会如何，有哪些事儿等着我们

三地迁转中感悟世事变迁

憧憬着，直到下了火车

父亲身份早早来了

斗室的快乐留给我的

如此惬意，如此温馨

最难忘的图景是半夜冲奶粉看到的小小

笑脸

五

有时候，躺在两个孩子中间

一手拍着一个，睡着了

醒来觉得：即便一生到此停止

这种幸福感刹那定格为永恒

如果用一句话描述心情，说什么呢

谁递给我一个梦，住在里面不愿醒

六

翻开书本，你们就扑过来

爬到我的身上，抢一段儿时的快乐

幼儿园班车来了，一起舞蹈

一起玩耍，宝宝们有自己的世界

那时的我，只记得一次，背着一个去看

医生

出来的时候，我们和星星说话

月亮指引我们回家

七

看你们在操场上风一般奔跑

看你们拉着小提琴如泣如诉

我们一起坐在书店阅读

把喜欢的故事记下

猛犸象的前世如在目前

路过琴房敲一下键盘顿觉往事如烟

八

曾几何时，要参加家长会了

满教室寻找你们的影子

姓名牌，在课桌上闪闪发光

坐下，仿佛找到儿时的自我

且把梦还给时间吧，或许是衰老的象征

搜肠刮肚地还原记忆的时刻

九

不知什么时候，你们有故事了

关上门，确定自己的空间

快乐的，苦恼的，酸酸的，甜甜的

一次一次倾诉着少女的青春新语

一些细节，想起来的，想不起来的

会寄存在不远的老房子里

十

夜来了，我的盼望来了

灯光把街道和雪连在一起

把父亲和放学连在一起

走一会儿，踱来踱去

车灯的亮光晃动，逐梦者归来

没有什么欢迎仪式，练习一天的孩子已告

别过去

琐忆

一

不用再说话

披着军大衣，冰冷的夜继续读书

长安之秋，与你相识

落叶推动两棵树与喷泉私语

读进去的，不知是否会落入卷子

一滴雨，诉说落点重复的厌弃

二

和你徜徉校园，鲁迅的雕像记载着一段讲

演的奇遇

那时的梦，趴在城墙上

跑进古旧书店，翻起《西谛书目》

回到返程的 603 路站点

三

我们去大明宫，废墟中拣拾历史的碎片

空旷，空旷，还是空旷

不如把无字碑挪过来

共同见证时代的忧伤

四

我把梦丢了，时间偷走后迅速藏匿

雇个密探帮着找，佣金越来越高

徘徊在长安南路的眼镜店周边

何曾如此认真地打量属于自己的时间

五

借我一支笔吧，写点什么

我要记下你的名字

回去在点名册上标个记号

总有一些故事会持续地沿着既定路线奔跑

六

你有诗一般的名字，挂在石榴树上

采石榴的人要穿过野地

穿过一条幽长的时光隧道

才能看见成熟的果实

第四辑
思想空间

明天，大雪将至
褪去黄叶，枝丫无法排斥寒意

且坐屋内，时光之车停在黄昏后
我们穿得暖暖的
出发时，酒杯斟满
清啸一声出门去

夜歌

一

开始意味着寻找结束的方式

写不出什么，意味着慵懒的开始

结束呢？种子种下来，呵护的人不知哪儿

去了

寻找种子或许是期待的结束

二

我们困在事务的联结中无法自拔，泥沼中

隐约有歌声传来，有莫名的芳香传来

不能像湖面上的鸟儿一样快速飞走

校园里，电动车的前座上，一位女孩在

欢呼

后面的女孩在用力蹬

无路处皆有路，这种狂奔常常引起回忆

夜幕降临，风安静下来

三

这些在操场上拼命走步的人们，他们试图
最大限度地扭动身体

进入工作场的散步者，想要躺平的想法一
直涌动

操场边的桃花被风吹落，有的梦想不等开
花就落了

四

路边的行人溅了一身泥水，有车疾驰后被
点燃的怒火

看看走步的人群，衣服上溅落的泥水

若隐若现的散步者慢慢消失

五

深夜醒来，蟑螂正在愉快地爬行

厕所的灯光有些刺眼

它们死命奔逃

可能仍会被碾于脚下

六

列车行驶，窗外的土地次第过去

让梦植入夜色

生于尘土，没于尘土

我们不断清洗后仍然尘土满身

七

结束就寻找新的开始

沉默者，请你发声

发声者，请你沉默

倾听歌声，夜掩盖一切不统一的步调

春风起

春风起，落地的雪慢慢与湖水交融

没有什么告别的仪式，风一来，湖水情绪

涌动

为大地披上橙色的霞光

这些不重要了，跑起来吧

盼桃花早日苏醒

我为你写下这些跳跃的文字，他们想要飞

起来，那些梦中想念的面孔会跟着飞啊飞

飞过绿色的田野，我把少年的祈愿种在

那里

飞过平缓的山坡，有蒲公英结伴随风飘舞

不管走多远，总会想起那段声名狼藉的时光，我和鱼儿一起游戏，我和鸟儿一起奔跑，我们在寻找的过程中迷失方向，陷入泥沼后背离泥土的味道

暮色卷入风口，天气预报说：一场大雪缓缓而来

翩翩舞姿，陪你入梦

如果能够重建童年，我知道不可能用现在的一切逆推，想象中给自己一个更好的起点

红色的屋顶，卧雪如飘云

树丛欲绿而摇曳

我想和你并肩看，温柔乡的红花朵朵

春风起，持一束阳光照亮大地

在路上

田野不说话，她不能说话。她的话摇曳多
姿，让你把持不住

这个郁闷的晚春默不作声

我与客车一起向外看，看你的目光穿透风，
穿透那些惊破的梦

憋住。通泉站厕所的臭气熏天不能改变什
么，远处的风车在转，不停地转

大地跟着转，你的眼神跟着转

旅客顺风望向残雪未消的村庄

这不是谁的家乡，仅仅是停留的站点

铁窗内，狂吠声早已消歇

听到的，听不到的，隐藏在行旅的幕后

遥远而切近

继续。上车。北安，花园农场，熟悉的地

名和旧痕迹

儿时走过的小径，麦田还有数不完的足迹

一箱子画本被老鼠咬噬的痕迹

斑斑点点，沿着水库的云飘啊飘

骑自行车的小女子远去

她不回来

无人陪你追忆

眼前的车辙与大坝之间

裂痕渐深，蒲公英载不动迷人的信笺

只是小小伤感一下

扭转视线，看鸟儿自在滑行

冰雪一体，垂钓者在哪儿

抑制老头鱼咬钩的冲动

这一角天空，唯有钓钩空垂

蒲公英叫不醒路上的爱情故事

叫不醒冰排上春天留下的波纹

把五十岁以前的记忆存储

锁上，拔出钥匙

路过一片草地

草地的中间湖水扬波

抛出的弧线

钥匙落入的刹那

歌声响起

草地上，羊儿自在游走

风该停了

据说要降温

夜幕拉开，我们和火锅店告别

天冷，且去避寒

想起和你微信里的对话，想着想着

泪落下来，你把冬天的寒气吸入体内

高估了自己抗寒的耐力

当风从对面猛烈地刮来

你躲了又躲，还是猝不及防

撞上冰山，撞上错位的规则

这些规则蛛网一般排开，有豁口就补补

补过的地方，如秋叶穿过春天

灯光

这些等待燃烧的火苗，熄灭于火海之中

我们把过多的星光当作希望，渴求捕捉

找着找着，光点数不过来了

梦幻中的泡影，摔跤手把对手重重地扔

下来

身体失去平衡的瞬间，灯光照亮思想

我的孤独啊，散布于一条蛇爬过蜿蜒的

路上

路通向的河岸绿草丰茂，绿色的诱惑在随

风燃烧

为你摘下铁链，为你抚平褶皱的衣角

爱情与牙齿一起被岁月磨去，些许微光亮
灭不定

　　名利场上的角逐者，失去希望的时候六神
无主
　　找个墙角躲起来，如果遇见光亮，转过头
早点绕开
　　或者，从兜里掏出一支烟，做出找打火机
的样子
　　躲过一场心灵的风暴，躲不过暗夜的煎熬

断想

那些把梦写下来的人啊，请你歌唱

请你放下手中的笔，看看雪在空中飘

这个夜晚，雨和雪共谋

惊扰了多少生灵的甜梦

中午的馒头干和昨晚失事的飞机一起发酵

那些准备远行的生灵们已经无法开口

名利场上摩拳擦掌的过客

还躲在暗处用软刀子伤人

想借助夜色的掩护找机会下手

寒光一闪，机舱装不下那么多阴谋

一只鸡在头上喔喔叫，拼命地给你报喜

却在众生入眠的时候，念出咒语

一地鸡毛击碎了些许幻想

幻想温暖的手拉着你，幻想彩色的梦围着你

幻想禁锢的城堡远离你，幻想飞走的燕子找到你

这个时刻，九千米的高度不寒而栗

这些琐屑沾在脸上，恶心你

把熏黑的酱货用盘子端上来，试图拯救失眠，拯救坠落的感觉

放纵，让错乱的文字任意奔走

键盘无法负载的难过奔涌而下，我们约好

摘下头套，继续前行

在那个入海口找到停泊之地

这一天

这一天什么都不想了，这一天与前一天没什么两样儿

这一天梳理旧梦过一遍电影儿，这一天依旧向往绿色

放下负重，捡起石子，让它在水面漂移

经过的地方，一圈涟漪

有些图景来不及告别，就无影无踪

无影无踪的，还有随风飘舞的杨花

幸好有诗相伴，寒冷过后春天会来

采花人，也会与古典的月色一起来

眼前尚有被隔离的阳光相伴

心中尚有远方的系念相伴

错过

沿着上岗漫步，一阵风吹来

寻找的野花蓦地不见了

春天的桃花在秋日绽放

天气飘浮不定

梦也会迟到

随笔

红色的光晕围绕一个点展开，暗处变得更暗。

这时候，期待窗外会有声音打破沉寂，死一般地沉寂。坐在沉寂中太久了，找不到聊天的对象。

找到了说什么？说说天气，说说一日三餐，还是把内心的灰暗重新整理一下，隔成一道墙，趴在墙头说些与爬山虎有关的故事？

那些与墙有关的叙事已经老了，颤颤巍巍地渗入你的记忆。于是，化身《呼兰河传》里的小女孩儿看看愚昧的时光，化身《城南旧事》里的小女孩儿听听暧昧的时光。大人的故事等着等着，等到孩子长大了，是品味故事还是成为新故事的部分，融入时代的歌唱？

我只是和你讲别人的故事，却被你看出来了。

开始怀疑自己，锁上门，下了楼，再上来看看，门锁了吗？坐得久了，揉揉腰，抻抻脖子，阳光与月光交织在一起，让你增加伤痛。投入的专注度越来越少，甚至觉得一切令人生厌。

这是你吗？把自己想成全能战士的时候发出豪言壮语，把自己比作某个追赶目标时的精心策划，这些都要被时光卷走？

梦里惊醒后，披衣下床，轻轻地坐在书桌前，翻阅一千多年前的硝烟烽火，读着读着，便进入遥远的历史。

许多的想法会跳出来，在重新睡醒之后，消失得无踪迹。

就这样走吧，走过这个寒冷的冬夜，走向春天的枝芽。其实，也许我们谁也没有变化，变化的仅仅是惊鸿一瞥之后的平平淡淡。

自画像

一

街灯晃动，有点站不稳

寓居地下室，你的文字渐渐生锈

手持证件，走进大城市繁华路的一角

怀揣梦想，那时的你

不愿解鞍拴马，仿佛有座富矿等着

只要深挖，就会幸运地踏入通途

通途在哪儿，不知道也罢

灯光是暗的

书籍是亮的

你的心向往那片淹没众生的汪洋

泳姿单一，注定要呛水

挣扎着浮上来，海上的弧线消逝

长安灯火通明，图书馆的绿植惊愕不已

从此你一直停留在唐音缭绕的世界里

二

面前，六个红色方厅屹立

故事缩入小格子闪闪发光

入夜，刺鼻的秸秆味与之合谋

有人站在十层楼的窗口，看人来人往

谁会停下，数数多少格子

数数多少人驻足张望

尘土中的珍珠，经过打磨

少数取代多数

狭小的地方太拥挤。如果

填好本子，立个课题

我们组成团队重新打造价值和意义

脚底增个垫子，头顶加个盖子

既可防滑，又可避雨

写手们啊，赶紧行动，新闻头条催得挺急

三

深夜，一辆车堵住路的一半

穿过九号楼左侧的一条小径

我可以自由地来来去去

不远处，有两个笑脸等着我

不一会儿，车灯由远及近

每当车停下，我的节日来临

听不到她们在说什么

说什么都觉得非常开心

恍然有悟：世间为你开了很多道门

仅仅守于一隅，执意不改

时间久了，往往会偏心

一扇门半掩着，一扇门大开着

一扇门关闭着，这是属于你的三个窗口

取出钥匙，窗口以外的世界尚有万里风云

四

起风后，前面的人躲过

后面的，躲过

躲不过的，描述风的痕迹

痛感缠身，反而不被关注

躲还是不躲，什么时候

放在台面上，颇费思量

那些口若悬河的，或者沉默不语的

枪口未必能对准方向

你不用刻意隐瞒这段过程

和你一起的经历者会重新建构图景

涂涂抹抹，谁还记得真面目

不记得还好，记得就晾起来

说不定，旧事重提之际

与挂在房檐下的土豆干一起做下酒菜

五

你说话的神情与词语混为一团

一种扭曲感自然而生

这个空间不大，你做你的

我做我的，寒冷的日子过去了

寒流还在，故事无法重复

你总是讲着无关联的那些图景

一头牛冲进庄稼地，哪些是牛的罪过

哪些是庄稼地的损伤

一旦，把庖丁请来

你就会兴奋地解说细节

击碎梦境，猝不及防之后

步入前台，还要重新讲故事

一个故事出现很多版本

不必挑选，你需要的总是那个新的

六

雪不来，冬天就远着呢

视频号的雪花飘舞勾起你的愿望

雪无声地落在地上，铺一层

脚踩下去，嘎吱吱响

除夕之夜，常常独自出行

站在雪地，望着万家灯火

与小说中的某个人物悄悄对话

回到家，开始煮饺子了

炉火烧旺，伴着炕头的温热入梦

没有什么令你感到忧伤

没有什么令你无比向往

早上醒来，炕凉了

想要记住的梦不知所终

你无法为今天的境况找到任何征兆

七

你带我去毗邻的小城测测听力

我的愿望是到书店里逛逛

一本《戴望舒诗选》横在书柜中间

就让柜员拿出来看看

多么久远的事情啊

你都七十三岁了，还记得吗

当我捧着这本书，就捧起了梦中的童年

有时候，种子种下时不以为意

直到开出花来，才觉得无比绚烂

你引导我写下的文字如今遍寻不着

思想却如潺潺溪水流入心田

谁能找到逝去的昨天啊

把土房子围绕的风景再回放一遍

即使回放，无法重现烟囱冒出的袅袅尘烟

八

喜欢独自坐在黄昏的椅子上

回忆一些事情，有的与我无关

有的如在眼前，那些穿梭于人群的记忆

图景

尽随长河落日远去

比如你和我一起看云听雨

比如我们借助暗夜寻找月亮的光晕

微醺之后，小酒馆已无客人
听你讲了又讲无人相信的道理

换个地方，继续喝酒
那天雨特别大，我们欢快地雨中漫步
内心充满难以释放的惬意

这么多年，还是这几个人
那种感觉仅仅重现于漂泊的途中
中转下车，偶尔窥一下站牌就把往事记起

九
行走的歌者一路歌唱
手持吉他，与流浪人一起彻夜不眠
我想知道，他们真实的想法
那些想法就像洒在天上的星星闪亮闪亮

我沿着北地行走，黑龙江上初春咆哮的
冰排

拉回少年的书生意气

镜泊湖水静静流淌

我们徜徉在成长的路上

于是，和你一起继续向东向北

每天醒来，裴德峰下定点晨练

那一次，我们爬啊爬，一起登顶

山下有我们的营地，周边花落花开

随之而动的，岁月的光影时隐时现

那一刻，坐在文化中心，沉入故园旧梦

十

街灯亮了，夜笼罩凉气之中

无目的地走着走着，小虫飞来飞去

和你说话，台上的你面无表情

此刻的你，神采飞扬

上场的你，入场后堕入迷雾

下场的你，出场后如释重负

记得一起步入家属区小门

门外风吹草动，一个新身份登场

也许，换作现在，我会做出另一种选择

不是下水游泳，岸上的领地更温暖

负重在肩，无暇欣赏月光映照湖面

你在对面，不说话

准备好了，上场或者下场

平息一下，扔一颗石子，湖面溅起水花

点点

十一

第一场雪，想起和你一起

林校的空地上，白皑皑一片

沉醉于北方的雪窠里

踩过之处，这是我们独有的世界

自己的世界开始于新奇，而后
便迎来琐碎以及一个家的安安稳稳
雪落下来，被风吹起，落风口之外
那些温馨的梦仍在继续

和你一起远行，大西北强劲的风
留不下一捧雪，落地即化
偶尔留下，就会看见欢呼的人群

雪在，北方就在
你的名字有雪，我们相爱在雪中
生命中彼此接纳，人的风骨正是雪的精魂

十二
台上的你，退台之后难以辨识
大雾笼罩高速路，行进艰难

灯光是唯一的指挥官

你总是盯着眼前的路而忽略周边

别抱怨天气预报不够准确，有些困难

会令你在飞行中折断羽翼

那就停止，找个避风港

月亮在上，夜空中安静的红晕一点点扩散

冲出小圈子，你寻找大世界

冲出大世界，你回到小圈子

这个人还是你吗，告别腼腆和软弱

那瓶陈年老酒还在

那场晚会的歌声还在

舞台中央，一股英气点燃生命的光焰

十三

关闭窗户，仍有风吹入

外面的雪很大，我们坐在屋子里
风云变幻，十级风吹得人站不住
坐着坐着，梳理一遍心情

在家，自己决定往哪走
出门，风推着你往前走
那些洒在雪地的温情需要收敛
那些挡住道路的清雪机正轰鸣

水烧开了，茶备好了
静坐，让自己休闲一会儿
闲了就好，扔下牵绊养养伤

逆风，脸上的痛感不会消失
一味逆风则难行，取暖于无风之夜
风停雪止，日子循旧轨转动如常

十四

假使苟且能换来利益，你会继续蜷缩于此

度过余生吗，把曾经的目标放弃

和你见过的结局一样，顺势一推

鞋未沾水，便放下了战斗的武器

武器在手，说明你准备战斗

战斗停止，武器会重新选择合适的战斗者

多年以后，你会记起这次波动吗

对峙尚未开始，故事就仿佛有了结局

结局往往就是开始，放弃或者挣扎

处在困境就听首歌吧，一旦找到感觉

就会动作连贯，重新登台

我们常常陷入漩涡，风未起而人惊恐

惊恐的人啊，总为自己感到意外

挣扎之后，那些该来的竟然未必会来

十五

你是谁，你在哪儿

我一直要找的，是你吗

许多影像或在阳光下，或在夜雨中

与我一起倾听时间

草甸子，野鸭子，如今是湿地风景

追赶野兔的记忆被锄头刨开

撒上种子，大铁犁缓缓驶过

长出芽儿，要期待多少个夜晚

我不等了，你一直在背后看着我

继续播种，继续除草，继续翻土

方形纸页上，一行行蝌蚪正赶往水塘

水塘的荷花开了，为你留影

一支笔不能描画出岁月雕琢的模样

我的诗啊，正在水底匍匐生长

题《向美人生》扉页

一艘船，水中行

有雾，有雨，有风

撑伞者早已到位

躲避的人啊，不妨至此暂停

音乐响了，大海上呈现美丽的画卷

这是人生大舞台啊，舞者匍匐又站起

释放自己，抚平伤痛再出发

起航吧，奔向美的历程

登高

折叠纸笺，拧出一道弧线

抛出，生命的痕迹或浅或深

寻路不得，后退不可

半山腰上，簇拥你的人群不给你逃避的

机会

卷到山顶，与众人狂欢

抬望眼，且赏苍翠

作别爬行的惊悚，下山之路

索性停到某处，细看花果的枝繁叶茂

独自采撷春风一缕，就此挥手道别

拥抱一下，山为之一颤

似乎辨别出我与众生的距离

这地方地图上难找，就藏在眼角

走丢了的孩子，返回来却并不容易

误打误撞，夜晚回来了，正逢山高月小

练习

一天对很多人来说，就是短暂的一生

他们趴在轨道上，等待列车碾过时光

这辆车常常晚点，也偶尔早到

如此捉摸不定，霜生在树挂上又冷又硬

有时卧倒的动作来不及做出就闭上双眼

有时重复姿势非常疲倦，还得继续训练

多少次啊，我们想好好规划这一生

殊不知手指一旦触动键盘，内心便无法归

于澄静

离歌

夜又来了，你没来

等你，等在深夜里，等到大地迎风落雨

雨是燃烧的泪，跳进江水中

舀上一碗月光，石板路的鞋印闪着亮儿

我不找了，夜未黑

我不找了，心已惊

追你追不上，一场大雨将夜梦浇透浇醒

醒来的人啊，闲倚栏杆

冒雨歌唱，唱一曲乱花迷人，唱一曲万籁俱寂

你在听吗？那个找不到的幽魂与你窃窃私语

偶然

穿过街道，注意周边的车和人

顾不上许多，路灯一闪一闪

赶路的人，仅看前面

是否有红绿灯

忽略的其他方位，常常会有闯入者

你不是闯入者，只是一个过客

沿着既定路线，刹车失灵

无法选择路径，进入陌生区

本以为会遇见交警

街道的路是通的

随便逃遁

你的诗会记录下这些吗，此刻

我和你穿过一片区域，撞上凶猛的东北虎

战吧，战吗，故事平添几分惊悚

告别曲

一

时间到了，必须开始告别典礼

不知道怎么表达，我对此刻的所思所想

面无表情，众人仿佛更注重仪式

唯有二三人，跑过来，要合影

这是一个舞台，台上的显要人物早已退场

场下才会热闹起来

二

江湖起风了，风乍起，无人问答

风中的过客躲进这个港湾，消息迅速传播

你的梦破灭了，还有人用微信告诉你

流程简单，不必想另一种可能

三

雪下过，有的融化，有的躲在楼后

冰和雪连在一块儿

这座城市冷意尚存

晚上四点二十分，我和几个朋友上街

与残雪共舞

四

你不会说话

一直保持沉默

阳光照在车牌上，你对数字并不敏感

惊讶的表情凝固

月亮出来了，人群散开

一场车祸发生在午夜

五

那时候，信笔写字

文章便会闪动莫名的兴奋

读着读着，自己便倒在字里行间

这次，酒喝多了

在离家不远处旋转

直到雾散去，才回去

你迷途在自己写过的诗句里失声高唱

六

星星般的灯光稀疏地分布于城市的一角

光点的中间，一盏大灯闪耀

昨夜，你等待的路上，抬头看天空

没有月亮，星星睡在昏暗中漫不经心

我的心凋落在一片树叶上

树叶迎风到处跑，她无法掌控自己

那些无法掌控的，树和谁倾诉

绿了变黄，黄了要枯

枯了的梦重新经历洗礼

一直和你站在树的中间，每一棵树摇曳

多姿

她们一点一点地讲自己的故事

怕你没有耐心听完

怕你中途有人叫走

故事一个接着一个

落叶衬托黄昏的渐行渐近

我听着这些歌唱，想要歌唱

一只鸟停下，看我一眼，又快速飞走了

你看了看树，看了看我

这一看，我的心就跑了好远

跑到阳光照不到的地方

凋落在一片无法掌握方向的树叶上

丢钥匙的人

轻咳几声，引起追忆的疼痛

门封上，夜的路口

你和急救车比赛

装白菜的袋子裹着一筐寂寞上楼

煮沸，水花翻滚中

阅读福柯

我们无意找回丢失的那把钥匙

钥匙可能就插在锁上，一直不言不语

每个人面前的空洞必须填满

击鼓传花，花在你手里

上台吧，表演一个节目

偌大的舞台，你寻找立足的位置

准备时间到，该表演了

时间不长，要提高认识

三十秒，短暂，真的短暂

读过这些组合的句子

扭捏的当选者啊，总觉得会击穿底线

表演结束，众生怎肯继续品味过去

争分夺秒，奔赴下一站

以雪的名义融化春天

释放身体的热量，拥抱夏日正午的阳光

光线从头顶泼下，顿时进入桑拿状态

如果秋雨及时来，就会有人不顾一切地
欢呼

金黄的麦穗，壮实的白菜

一望无际的垄沟期待冬雪铺满

我们有时睡意沉沉，有时沉入无休止的计
算过程

分割一天，分割一旬，分割一月，分割
一季

节气的症候常常随物象替换

诗啊，就生长在物象中间

给我一次机会，选一个窗口窥探历史

无须沉吟，盯住雪花飞舞的时刻

即便这些雪花留不住，也可以

以雪的名义融化春天

后记

　　夜深人静，坐在书桌前，每有感发，挥笔成篇。这本集子便取名《夜歌》。自2019年以来，我陆陆续续将当下的内心体验一一解剖。这些体验或源于课堂教学的感悟，或源于行走之际的触动，或源于日常生活的抚摸。

　　这本诗集是教学相长的产物，许多创意就来自课堂。收入集中的诗作分为四辑。第一辑"旧事新声"注重抒写文化记忆情结。一直试图把中国古典诗歌的内蕴用现代性语言重新建构，《寻灯的歌者》《雅音》两本诗集中有过尝试。这次又完成几篇，后来读洛夫《唐诗解构》，觉得这样的尝试还可以继续。第二辑"梦与现实"源于日常生活的随想。第三辑"日常故事"则以人在旅途中的见闻为主，乡土乡音、文化考察均入笔下。第四辑"思想空间"记录的是直面人生的沉思，亦涵括文化追忆的某些特质。

近几年，事务烦冗，能沉下来写作的时间微乎其微。有时候，诗情尚在，诗意全无，硬作的痕迹更是不可避免。若说有意义，疫情三年，存此留念而已。2024 年将至，曾经的少年诗人今已年过半百，诗艺未臻而马齿徒增，禁不住感慨唏嘘。

感谢超然兄赐序。超然兄既是著名作家，又是卓有成就的文艺评论家。第一次请大家为诗集写序，真是诚惶诚恐。又何其荣幸也。

田恩铭

2023 年 11 月 5 日